दोस्तों ने भूत को पकड़ लिया

GHOSTS SERIES-1

अंश शर्मा

पुस्तक लेखक

क्रम-सूची

प्रस्तावना

हेलो दोस्तों मेरा नाम अशं और मैंअभी 15 साल का हूऔर मैंदि ल्ली मैंरेता हूऔर दोस्तो यह मनैेजो कहानी लि खी उसका आईडि या मझुे एक मवू ी सेमि ला हैजब मैंघर बठैा था अपनेफैमि ली साथ तो मैंएक हॉरर मवू ी देख रहा था तब मझुे आईडि या atha की क्यों ना ak हॉरर स्टाइरी लि खनेबठैे जाता और अगर एप्लोगी को स्टोरी अच्छा लगती हैजरूर सेसपोर्ट करना!

1

ओदोस्तो यह बात हैउस समय की जब मैकाफ़ी जायदा छोटा था तब मेरेपापा और चाचा भतू के बारेमेंबात कर रहेहोतेहैमेरेचाचा कहतेहैभतू सच मैहोतेमनैं उसेअपनेआखंो सेदेख हैलेकि न मेरेपापा कहतेहैअरेयार छोटे भतू नाम की कोई चीज़ नही होती यह सि र्फ हमारा एक वयम होता हैलेकि न यह सब बातेअपनेपापा और चाचा की नि खि ल सनु रहा होता हैऔर वो बाग कर अपनेदोस्तो के पास जाता हैऔर उन्हेंबताता हैकी तमुहेपता हैभतू सच मेंहोतेहैलेकीन नि खि ल के दोस्त भी नि कि ल के पापा की तरह बोलतेहैनही भतू नही होतेलेकि न नि खि ल को अभी भी लग रहा था की भतू होतेहैतभी नि खि ल अपनेदोस्तो के सामनेएक चलैंज रख देता हैनि खि ल कहता है की अच्छा तमुहेयकीन नही हैभतू होतेहैतो फि र हम कल साम पहाड़ के पास जो बगंलो हैउसमेजायगें दोस्तो जि स बगं लेकी बात नि खि ल नेकी थी वो कोई मामलूी बगं ला नही था बल्कि वो एक खाली बगं लो था जो की लगाबाग 100 साल सेखाली पड़ा था लेकि न नि खि ल को क्या पता और प्लान के मतुाबि क वो सारेदोस्त रात के बारा बजेउस बगं लो में जानेके लि ए इकट्ठेहोतेहै और जसैे ही बगं लेका दरवाजा खोलतेहैंगेट अपनेआप बदं हो जाता वोह सरेकाफ़ी जायदा डर जातेहैतभी नि खि ल का एक दोस्त नि ति न बोलता हैअरेहवा की वजह से दरवाज़ा बदं हो गया होगा फि र वो सरेधीरेधीरेअगें बढ़तेजातेहैतभी नि खि ल के एक और दोस्त जि सका नाम रोहन होता हैउसकी नज़र कि चन मेपड़ती हैऔर वो कहता हैदोस्तो वो देखो कि चन मेंकि सी की फोटो टांगी है चलो पास चलकर

देखतेहैऔर वो सरेपास जातेहैऔर फोटो देखतेऔर उस फोटो मैखनू लगा होता हैऔर फि र नि ति न बोलता हैदेखो मनैंतो पहलेही खा था मैंनही जाऊंगा बगं लेके अदं र लेकीन तमु लोग खा मानेऔर यह खनू पक्का भतू नेही कि या हैनि खि ल की वजह सेहमैंबगं लेके अदं र अन्ना पड़ा फि र नि खि ल और नि ति न को सतं करतेहुए राहुल बोलता हैदोस्तो अभी यह समय लड़नेजगड़नेखा नही हैबल्की येसोचनेखा हैकी क्या सच मै भतू नेही इस फोटो मैखनू लगाया हैऔर अगर भतू इस बगं लेमैंहैतो भतू वो कैसा दि खता होगा फि र नि ति न उस फोटो को उठता हैऔर उस फोटो मैलि खर आता हैतमु यह सेचलेजाओ दोस्तो सोचनेवाली बात तो यह है उस फोटो मैंसि फं पति की तस्वीर बनी होती हैफि र थोड़ी देर बाद राहुल बोलता हैचलो उबर साइट वालेकमरेमैं चलतेहैलेकि न जब वो अप्पर साइट वालेकमरेमैंपोछतेहैउन कमरों मैंलॉक लगा होता हैफि र वो लोग डि साइड करतेहैकी चलो इन कमरों की चाबी ठुड़तेहैवाहा पर 3 कमरे बनेहुए थेलेकि न उन्हें3 कमरेकी चाबी नही मि लती फि र वो लोग 2 ही कमरों को खोलतेहैजब वोह पहलेकमरेको खोलतेहैतब उस कमरेमैंएक बेड पढ़ा होता हैऔर कुछ समाहन जब नि खि ल नीचेबेड के नीचेजाकर देखता हैतो वाहा पर फि र सेएक फोटो मि लती है जि समेबच्चों की फोटो बनी होती हैऔर फ़ोटो देखनेके बाद जसैं ही फोटो को रखतेहैतज़े हवा चलानेलगती और आवाज आती तमु यह सेचलो जोहो और फि र डर की वजह वोह सरेउस बगं्लो सेभर नि कल जातेहैऔर अपनेघर चलेजातेहैऔर अपनेपेरैंट्स सेवोह लोग कुछ नही बतातेऔर फि र दबुारा सेवो लोग अगलेदि न मि लतेहैऔर उस बगं्लो के अदं र जानेका डि साइड करतेहैऔर फि र वो लोग बगं लो अधं ेर जाय सेही जातेहैपहलेकी तरह आपनेआप गेट बन्द हो जाता हैफि र वो लोग डि साइड करतेहैइस बगं्लो मैंअच्छेसेछन बि न करेगेफि र एक एक करके वो लोग अलग अलग होकर चान बि न करना शरुु कर देतेहैफि र जब वो कि चन की तरफ पोचतेतब एक दम सेवो डर जातेहैक्यकुी पहलेजब वो कि चन मेंआय थेतब कुछ भी सम्मान नही था लेकीन जब वो अब कि चन में आय तो सम्मान था फि र उन्हेंसक हो जाता हैयह कोई न कोई तो जरूर रायता हैफि र वो और अच्छेसेछन बि न करना सऩु कर

देतेहैंऔर नि ति न को कुछ पेपर मि लतेहैउसमेकोलकाता का एड्रसे लि
खा होता हैसेम इस ही बगं लो की फ़ोटो इस पेपर मैंभी मि लती हैतो वो
लोग सोचनेलगतेहैइस बगं लो की फोटो इस पेपर मैंक्या कर रही है!

2

फिर राहुल बोलता दोस्तो मझु लगता यही सेम बगं्लो कोलकाता मैतो नही चलो हमेकोलकाता चलकर देखना होगा और उसी लेटर मैंदो पासवर्ड भी लि खेथेफि र वो साम वालेफ्लाइट सेगांव सेकोलकाता के लि ए रवाना हो जातेहैजब वो लोग कोलकाता पहुंच जातेहैफिर वो उसी एड्रसे मैंपहुंच जातेहैजो एड्रसे उन्हेंपेपर पर मि ला था लेकि न जब वोह दरवाज़ा खोलतेहैतब वो खोल नही पातेक्युकी वो पासवर्ड मांग रहा होता है फिर राहुल दो तीन बार पासवर्ड डलता हैलेकि न पासवर्ड गलत होता हैफि र अचानक सेनि ति न बोलता हैतमु वो वाला पासवर्ड डालकर देखो जो हमेउस पेपर पर मि ला था फिर राहुल बोलता हैअरे हां मैंतो भलू ी गया था फिर वोह पासवर्ड डालता लेकीन वो वाला भी पासवर्ड गलत होता हैफि र नि खि ल बोलता हैदसू रा वाला पासवर्ड डालकर ट्राई करो फि र जसैी ही वो दसू रा वाला पासवर्ड डालतेहैगेट घलु जाता हैफि र वो लोग अदं र जातेपहलेवालेघर की तरह इस बगं्लो का भी गेट अपनेआप बदं हो जाता हैऔर जि स तरह सेबगं्लो पहाड़ के पास बना हुआ था उसी तरह सेबगं्लो कोलकाता मैभी बना हुआ था और अधर सेभी सेम बना हुआ था फिर सेवो लोग उस बगं्लो मैंचान बि न करना शरुु कर देतेहैफि र राहुल खेता हैदोस्तो अगर हम उस आर्कि टेक के बारेमैपता चल जाए जि सनेयह गांव और कोलकाता का घर का माप बन आय हैतो हमेअगं्के सबतू मि ल जाए गा फि र थोड़ी देर बाद उन्हेंएक नबं र मि ला हैऔर वो कि सी और का नही बल्की उसी आर्किटि क का होता हैफि र उसेवो लोग पछू तेहैकी जो कोलकाता का बगं लो हैउसका माप आप नेही

बनया हैंवो कहता हैहा यह ऐसेदो घर है सेम जि सके माप मानेही बनया हैजो की बि लकुल सेम दि खतेहैफिर राहुल बोलता हैअच्छा अपको पता हैइस घर मैंकौन रेता था पहलेफि र वो बोलता हैजा तक मझु ेयाद हैइस घर मैंएक भडुिडियाहा रहती थी लेकि न मझु ेनहीं लगता अब वो जि दं ा होगी राहुल क्यों अपको क्यूनही लगता वो अभी जि दं ा होगी क्यकु उसकी काफ़ी ज्यादा एज हो गायई थीं काफ़ी जायदा राहुल बोलता ठीक अकं ल इतनी इनफॉर्मेशि यो देनेके लि ए धन्यवाद फिर फोन कटनेके बाद वो लोग दबुारा चान बि न करना स्टार्ट कर देतैहैफि र नि ति न तजे सेअपनेदोस्तो को भलू ता हैऔर खेता हैयह देखो लाश फि र राहुल खेता हैअरेयेतो वहीं लाश हैजो हमेफोटो बेड के नीचेमि ली थी उनमेंसेएक बच्चा हैजायेशी लाश को उठातेहैंउसके कपड़ों के नि चेलि खा होता हैयह सेचलो जो ओ फि र वो सरेघर के बार नि कल आतेहैऔर आस पास पता करतेहै लेकीन कि सको नहींपता होता फि र एक बढू ा आदमी नि कलता हैफि र नि खि ल उसेपछु ता हैअकं ल अपको पता हैं इस बग्ं लो के बारेमेंकुछ फि र वो बढू ा आदमी बोलता हैंहा मझु ेपता तो हैयह पर यह बग्ं लो नही था तब एक महल था राजा का फि र नि खि ल बोलता हैंठीक हैअकं ल जी जानकारी देनेके लि ऐ सकु हरि या और फ़ि र राहुल अपने दोस्तो सेबोलता हैमझु ेपरूा यकीन हैयह पर कोई भतू नही हैमझु ेलगता हैकी यह पर कोई एक्टिं ग कर रहा है भतू की आवाज नि कालने की लेकि न मझु ेयह समझ नही आ राहा यह बच्चेकी लाश कहा सेआई चलो दोस्तो और भी चान बि न करतेहैफि र थोड़ी देर बाद नि खि ल को पेपर मि लता हैजब उसेखोलतेहैतो उसमेंकुछ लि खा नही होता कुछ भी बल्की एक माप मि लता हैफि र राहुल बोलता हैदोस्तो अब यह माप ही हमेभतू के पास तक ले जायेगा फि र वो लोग माप के सहरहेबग्ं लो के पीछेगार्ईनर्ड मैंपोहोच जातेहैऔर उन्हेंवहा पर कोनेमैंगफु ा दि खती है फि र वो कूफा के अधर जातेऔर चलतेजातेचलतेजातेऔर गफु ा मैंउन्हेएक औरत की साड़ी मि लती हैऔर फि र और अग्ं ेजातेहैतो उन्हेंनकली बाल मि लतेहैऔरत के फ़ि र उनका सक यकीन मैंबदल जाता हैफि र और अग्ं ेजातेतो उन्हेकुछ आवाज सनु ई देती हैआदमीयो की बातेकरनेऔर राहुल बोलता हैदोस्तो रूक जोहो हम इनकी बातेसनु

तेहैफि र यह लोग बातेसनु तेहैतो वो आदमी बातेकर रहेथेकी क्या मस्त बेकुफ बनया हमनेउन लड़कों को अब वो कभी नही आयेगा और उन्हेंतो यह भी नही पता की हम यह लोग सोनेके जेवर के लिए कर रह

3

है आज हम उस जगह का पाता चल जायेगा जहा पर राजा का सारा जेवर मि ल जायेगा फिर यह सरेदोस्त जाके उन अदमि यो को पकड़ लेतेहैऔर उनसेकहतेऔर कोन कोन तमुहारेटीम मेंसामि ल हैफि र वो बोलते हैअच्छा हम बतातेहैऔर फिर वो बोलते है की हमारेएक और बधं ा है जो की भतू की एक्टिं ग कर रहा है और हम यह नाटक इसलि ए कर रहेथेकी हमेपता चल जाए की वो राजा का सोना कहा रखा हैफि र हम उसेपछू तेहैयह सोना खा पर है फि र वो बगं लो के पीछेएक बेसमेंट है वाहा पर यह सोना रखा है फि र हम लोग सोना जा रखा था वाहा पर जातेहै और जब हम पोचतेथेतो वाहा पहलेजवानहेका भतू सत्र सोना रखा होता है और सोनेके पास एक बढ़िढिया गढ़ी होती है और वो हमेदेखकर भागनेलगती लेकीन हम भी उसके पीछेभागतेहै और उसेपकड़ लेतेहै फि र उसेपछू ते है पता इतना सारा सोना तरेपास कहा सेअय्या फि र वो वो बोल थी है पहलेयह पर एक राजा रेता था और उसके पास काफी ज्यादा सोना होता है फि र हम सोच लेतेहै को इस राजा को हम मरदेगेऔर बगं लो मेंभतू की एक्टिं ग करेगेजि सकी वजह सेइस बगं लो मेंकोई नही आता था और आज हम यह सारा सोना लेकर भागनेवालेथेलेकि न तमु नेहमरा सारा प्लान चोपड़ा कर दि या फि र नि ति न बोलता हैअच्छा तमुहेउस छोटेसेबच्चेको क्यों मारा उसकी क्या गलती थी फि र बढ़िढिया बोलयेथी एक दि न हम सोनेको एक साइड कर रहेथेतब उस बच्चेनेदेख लि या था तो हमेलगा यह बच्चा कि सको बता ना देइसलि ए हमनेइस सेअपनेरास्तेसेही साफ कर दि या फि र हम लोग पलिुलिस

को बलु ातेहैऔर सारा सोना पलिुलिस को देदेतेहैऔर इन लोगो को भी पलिुलिस के आवलेकर देतेहै लेकि न जब यह लोग जेल झा रहेहोतेहैतो एक आदमी नि खि ल सेभलू ता हैतझुे देखलगूं ा दोस्तो abb सब कुछ ठीक हो जखुा ता और जो लोगो को लग रहा था इस बगं लो मैंभतू वसैा कुछ नही इसलि ए सब कुछ ठीक होनेकी खशुी मैंहम सरेदोस्त लोग डि साइड करतेहैकी कोई जगह पर गमु नेजाना चाहि ए और फीर सरेदोस्त बोलतेहै भाई बि लकुल सही बात हैफि र वोही सारेदोस्त बस स्टैंड के पास जा कर कड़ेहो जा थैहैलेकि न पहलेजब वोह घर सेनि कलेथेतब तो musam काफी जायदा और अच्छा था फि र जब वोह लोग बस स्टैंड के पास पछूं तेहैरात होने ही वालेहोती हैअचानक सेतजे बारि श होनेलगती हैऔर उन्हेबहुत देर बस का इंतजार करतेकरतेहो जाता है फि र वो लोग डि साइड करतेहैकी चलो मेट्रो से। चलतेहैऔर बारि श इतनी तजे हो रही थी की जब तक वो लोग मेट्रो स्टेशन पछूं तेहैतब उनके सारेगीलेहो जके थैक्यूं बारि श बहुत ज्यादा तजे हो रही थी और रात भी हो जकुी थी और जब भी लोग मेट्रो स्टेशन के अदं र पछूं तेतो अजीब सी सतंंति होती और कोई कोई भी दरू दरू तक मेट्रो स्टेशन मैंदि खई नही देराहा था फि र वोह सारेदोस्त जाकर मेट्रो जब प्लेटफार्म मैंआती हैतो सारेदोस्त जाकर मेट्रो मैंजाकर बठै जातेलेकि न मेट्रो काफी देर तक तो जल्दी रेती हैकही स्टेशन पर रुक थी हैलेकि न उस ट्रेन पर कोई नहीं बठैा था और वोही फि र आगेजब ट्रेन जातेहैतब ही बार बार लाइट ट्रेन की ब्लिगं करनेलग जाति हैतो सारेदोस्त काफी जायद डर जातेहैडर के मारेछि लनेलगातेलेकि न फि र उन्हेंएक परचाया दि खाए देथी हैऔर वाहा सेसदंुर सेलड़की चली आ रही थी फि र राहुल हि च की चाचेहुए उसका नाम पछु ता तो वाहा बोलती हैमेरा नाम पायल हैऔर वो इतनेजायदा हॉट होतेहैकी नि ति न तो उसको देखतेही रहेजाता हैफि र पायल नि ति न को हि लतेहुए बोल थी हैओह हेलो तमुहेक्या हो गया नि ति न बोलता हैफि र नही नही मझुे कुछ नही हुआ और फीर woho nitin ke pass Jaa कर बठै जाती मेट्रो टेंपरेचर जायदा इसके वजह सेउसेठंड भी लगनेलगती हैइसलि ए नि ति न अपनी जकैैट उतार कर उस लड़की को देदेता हैलेकि न दोस्तो जो कुछ नि ति न के साथ हुआ हैवो कोई

लड़की नहीं बल्कि नि ति न एक सपनेमैंको सखु ा था और नि ति न के सारेदोस्त नि ति न सेपछू तेओय तझु ेक्या हो गया था तो नि ति न चि लतेहुए बोलता हैवोही लड़की कहा गया वोही लड़की कहा गया फि र सरे दोस्त kunse

4

लड़की यह पर तो कोई नही हैजररूर तनू ॑कोई सपना देखा होगा फि र एज स्टेशन मैंजा कर मेट्रो रुकतेहैतो नि ति न को वोही लड़की सीडी सेअप्पर जातेहुए दि खाए देथी हैऔर वोही सि फ नि ति न को नहींबल्कि उसके सारे दोस्तो को भी दी खाए देती हैऔर उसके सारेदोस्त डरतेडरतेबोलतेहैइस मेट्रो स्टेशन मैंतो कोई ak सि क्रूटी guard bhi nahi दि खा रहा फि र यह लड़की मेट्रो स्टेशन मैंअकेलेक्या कर रही हैफि र जब सारेदोस्त भागतेहुए उस लड़की के पास पछू तेतो वो लड़की गायब हो जकु ी होती हैयह सब देखकर सारेदोस्त बहुत डर जातेहैंऔर मेट्रो के बाहर बाद मेंलग जातेहैंऔर वहांपर उन्हेंएक ऑटो खड़ा दि खता हैऔर उस ऑटो सेलड़की हाथ नि काले होती हैऔर हेल्प हेल्प चि ल्ला रही होती हैयह सब सनु कर नि ति न का मन उसेबचानेका करता हैलेकि न जब तक नि ति न और नि ति न के दोस्त ऑटो के पास पहुंचतेहैंऑटो तजे रफ्तार मेंआगेचला गया होता हैऔर फि र थोड़ी देर बाद नि ति न और नि ति न के दोस्त को एक और ऑटो दि खता हैऔर वह आदमी आराम सेऑटो मेंबठै ा सो रहा होता हैऔर फि र सारे दोस्त उसेचि ल्लातेहुए बोलतेहैंकि भयै ा जल्दी करो इस ऑटो का पीछा करो और आप जि तनेभी पसैं मांगोगेहम आप लोग को देंगेऔर फि र ऑटो का पीछा करत-करतेआगेपहुंच जातेहैंलेकि न ऑटो सेकाफी ज्यादा दरू था लेकि न नि ति न और नि ति न के दोस्त कभी ऑटो के पास आ जाए और कभी ऑटो सेदरू चला जाए और फि र वह लोग एक पलु के पास पहुंच जातेहैंऔर ऑटो सेउस लड़की को उठाकर फेंक देतेहैंपानी में और यह सब ऑटोवाला

देखकर तुरंत पलिुलिस को फोन लगा देता हैऔर जब पलिुलिस आती हैतो कि सी तरह नि ति न को तो बचा लेती हैक्योंकि वह भी उस लड़की को बचानेके लि ए पानी मेंखन्ू गया था और पलिुलिस वालेलड़की को नहीं बचा पातेऔर पलिुलिस वालेनि ति न को हॉस्पि टल लेजातेहैंऔर अगली सबु ह जब होती हैतो नि ति न अपने दोस्तों सेऔर पलिुलिस वालेसेपछू ता हैलड़की ठीक तो हैना लेकि न जो पलिुलिस वाला होता हैवह नि ति न के दोस्तों और उसका नि ति न का दोस्त होता हैतो बोलता हैअरेयार वहां लड़की लड़की कम सेकम एक महीना पहलेमर चकु ी हैउसी पानी मेंजाकर और तमु उसी के पीछेभागतेरहतेहो और हम तमु्हें1 महीनेसेसमझानेकी कोशि श कर रहे हैंकि वह लड़की बहुत पहलेमर चकु ी हैलेकि न तमु समझनेको तय्ै ार ही नहीं हो और यह सब सनु रहा होता हैगेट के बाहर खड़ेहुए ऑटो वाला ऑटो वाला कार्ड सेबोलता हैकि आज मैंफर्स्ट नहींजाऊंगा क्योंकि यही लड़के बोल रहेथेकि उस ऑटो का पीछा करो तो वह आठ वाला बोलता हैअरेतमु्हेंकुछ नहीं होगा वह साहब का दोस्त हैऔर पहलेवह लड़की सेप्यार करता था और वह अब मर गई हैऔर उसी के पीछेयह भागता रहता हैतमु चि तं ा मत करो तमु्हेंकुछ नहीं होगा दोस्तों अगर आपको कुछ थोड़ी अच्छी लगी हो तो जरूर सेसपोर्ट करना

Ansh Sharma